AF359554

INSTITUT DE FRANCE.

ACADÉMIE FRANÇAISE.

DISCOURS

PRONONCÉS DANS LA SÉANCE PUBLIQUE

TENUE

PAR L'ACADÉMIE FRANÇAISE

POUR LA RÉCEPTION DE

M. JOHN LEMOINNE

Le 2 mars 1876.

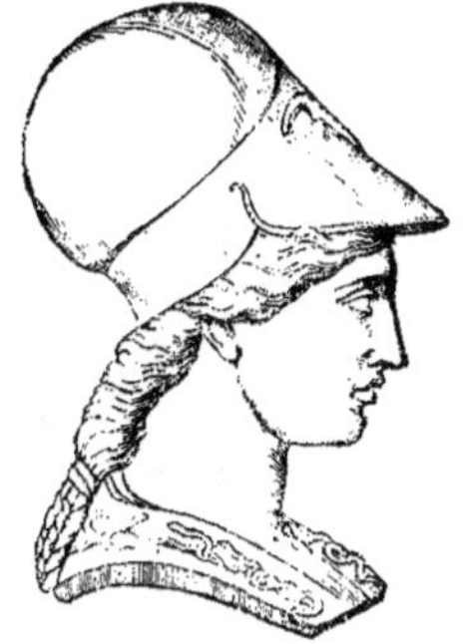

PARIS

TYPOGRAPHIE DE FIRMIN-DIDOT ET Cⁱᵉ

IMPRIMEURS DE L'INSTITUT DE FRANCE, RUE JACOB, 56

M D CCC LXXVI

ACADÉMIE FRANÇAISE.

M. Lemoinne (John), ayant été élu par l'Académie française à la place vacante par la mort de M. Janin, y est venu prendre séance le 2 mars 1876, et a prononcé le discours qui suit :

Messieurs,

Simple journaliste, et succédant à un des princes et des maîtres du journalisme, je dois regarder l'honneur que vous me faites comme s'adressant à ma profession plus qu'aux humbles titres avec lesquels je me présentais devant vous. Vous reconnaissez et vous admettez toutes les formes représentatives de l'intelligence ; vous rendez justice à la science, à l'éloquence, comme aux lettres pures. Je me dis qu'en m'honorant de vos suffrages vous avez voulu donner le droit de cité à ce qu'on a appelé le quatrième pouvoir. Vous avez bien voulu voir en moi un des plus anciens et des plus fidèles soldats de la presse. Ce qui peut contribuer à me rassurer, c'est qu'en regardant autour de moi je trouve ici des confrères, des protecteurs et des amis dont beaucoup ont passé par cette voie rude et laborieuse, et ceux-là savent que le journalisme n'est pas une œuvre d'indolence.

Quand, en parlant de l'imprimerie, qui est l'écriture nouvelle, et de l'architecture, qui était l'écriture première, on a dit : « Ceci tuera cela, » on a exprimé une vérité, mais une vérité relative. L'imprimerie a été un progrès et une conquête, mais elle n'a pas tué l'architecture, qui reste toujours une des formes immortelles de l'art. Le journalisme a été un autre progrès et une autre conquête, mais il n'a pas tué, et il ne tuera pas le livre. Vous faites des livres et vous pardonnez à ceux qui ne font que des pages. Les monuments et les livres restent comme des formes plus réfléchies, plus tranquilles, plus perfectionnées de la pensée. Le journal vient y ajouter une expression nouvelle, il prend sa place, et non pas la leur.

Le journal, c'est-à-dire la parole quotidienne, instantanée, est venu répondre aux exigences d'une civilisation nouvelle dont la vitesse a été décuplée, centuplée, par les miracles de la science. La presse a suivi une marche parallèle à celle de la vapeur et de l'électricité. Il a fallu parler et écrire à grande vitesse, et faire la photographie de l'histoire courante. Je sais bien que l'homme ne peut point grandir sa taille d'une coudée, mais il multiplie ses moyens d'action et d'expression. Il est possible que la maturité de la pensée et la correction de la langue perdent à cette production hâtive, mais combien d'idées mourraient sans cette incorporation soudaine et incessante !

Milton a dit admirablement : « Les révolutions des âges souvent ne retrouvent pas une vérité rejetée, et faute de laquelle des nations entières souffrent éternellement. » Et qui donc, dans ces alternatives de silence et de tumulte, de licence et de tyrannie, que nous traversons depuis que nous sommes au monde; qui donc n'a pas éprouvé l'irrésistible besoin de jeter un cri, un cri spontané, comme celui duquel il a été dit : *Lapides ipsi clamabunt;* qui donc n'a pas répété le mot magnifique de Pascal : « Le silence est la plus grande des persécutions; jamais les saints ne se sont tus. »

C'est à ce besoin que répond le journal, et c'est pourquoi le journalisme a pris sa place au soleil. Plus d'une fois, quand on me suggérait l'ambition de siéger parmi vous, on m'a dit : « Faites donc un livre! » Mon livre, Messieurs, je l'ai fait tous les jours pendant trente ans, et je vous remercie de l'avoir découvert.

J'ai été toute ma vie ce que mon prédécesseur a été toute la sienne. J'avais commencé plusieurs années après lui, et, dans des temps comme les nôtres, une douzaine d'années peuvent être appelées un grand espace de la vie humaine. Quand les hommes de mon âge entrèrent dans la vie publique, dans la vie commune, l'école moderne, féconde, désordonnée, luxuriante comme la terre première, avait déjà produit ses grands arbres qui répandaient sur nous leurs vastes ombres. Quand nous faisions encore des thèmes et des versions, nous entendions, nous écoutions, d'abord avec curiosité, puis avec transport, les échos du cor d'Hernani et des Harmonies de Lamartine qui franchissaient les murailles des colléges comme des génies en-

chantés ; puis, au milieu de cette harmonieuse et tumul-
tueuse symphonie, nous entendions aussi le clairon perçant,
aigu, sonore de Jules Janin qui faisait sa trouée ; c'était la
vraie note française qui perçait à travers l'invasion germa-
nique et britannique.

Il était donc en pleine possession de sa renommée quand
je l'ai connu, quand je l'ai trouvé dans cette vieille et tradi-
tionnelle maison qui, je crois pouvoir le dire comme si je
n'en étais pas, et en rappelant uniquement la mémoire de
ceux qui ne sont plus, fut le berceau et l'école du journalisme français. Il était né en 1804, à Saint-Étienne : il avait
été élevé au collège de Lyon, puis à Louis-le-Grand. A
Lyon, il eut pour condisciple un homme qui acquit aussi
un nom éminent dans les lettres, et qui plus tard disait de
lui : « Jules Janin était plus jeune que nous de deux ou
trois ans. Ah ! le bon compagnon ! La jolie tête enfantine,
espiègle, épanouie ! Les beaux cheveux noirs bouclés ! Et
quels francs rires de lutin dans nos corridors sombres !
Les murs doivent s'en souvenir. »

Ce portrait fut toujours vrai. Toutes les maisons, tous
les foyers, tous les jardins, toutes les rues où a passé Jules
Janin ont dû conserver l'écho de son rire large et sonore.
Il fut toujours le même, et pour le plaisir, et pour le travail.
En parlant ici de son prédécesseur, M. Sainte-Beuve, il
disait : « Heureux enfants de condition bourgeoise, nous
étions assez riches pour l'étude et trop pauvres pour l'oi-
siveté. » Le travail fut donc son lot, et il sut en faire un
don, car jamais il ne parut le sentir que par le bonheur
qu'il y trouvait.

Il débuta par un livre dont le titre étrange lui était resté sur la conscience, et qui pourtant contenait l'artiste tout entier, comme le grain contient la moisson. *L'Ane mort et la Femme guillotinée!* telle fut sa première irruption dans la mêlée littéraire. Plus tard, il retranchait la moitié du titre ; il en restait toujours assez. Dans son âge mûr, il regardait cette brûlante improvisation comme un péché de jeunesse ; c'était cependant son premier feuilleton, une œuvre de critique, une satire. Après quarante ans, ce livre, qui voulait être une parodie, est devenu un roman sérieux. Lisez quelques-uns des romans d'aujourd'hui, et vous verrez que *la Femme guillotinée* est devenue terne. De nos jours, les romanciers vont bien au delà ; ils suivent les cours de clinique, et ils écrivent avec le scalpel. L'auteur timide de cette fantaisie, qui croyait avoir touché en se jouant le fond de l'horreur, a assez vécu pour voir qu'il n'avait découvert que de l'horreur à l'eau de rose.

Dans ce livre de premier jet, improvisé avec un emportement éblouissant et entraînant, il y a des chapitres qui semblent inspirés par Molière, par la scène de don Juan et du Pauvre, à propos de laquelle M. Jules Janin devait écrire plus tard un feuilleton qui suffirait seul pour le mettre au rang des classiques. C'est triste et railleur, sentimental et comique ; c'est une promenade à travers les théâtres et la Morgue, la mascarade et le cimetière. Mais, au milieu de toutes ces terreurs en peinture et de tous ces épouvantails chinois, voulez-vous retrouver le vrai Jules Janin ? Je le laisse parler :

« J'avais fait, disait-il, une parodie sans le savoir. J'avais écrit de sang-froid l'histoire d'un homme triste et atrabilaire, pendant que, dans le fait, je n'étais qu'un bon et jovial garçon de la plus belle santé et de la meilleure humeur. Je m'étais plongé dans le sang sans avoir aucun droit à ce triste plaisir. Pour n'être pas la dupe de ces émotions fatigantes d'une douleur factice dont on abuse à la journée, j'avais voulu m'en rassasier une fois pour toutes, et démontrer invinciblement aux âmes compatissantes que rien n'est d'une fabrication facile comme la grosse terreur..... »

Il y a dans ces quelques mots toute la philosophie du caractère de M. Jules Janin, et si j'insiste sur cette première œuvre, c'est parce qu'elle est la fontaine et l'origine de tout ce qu'il a fait plus tard. Cet écrivain, que l'on croyait facilement livré au caprice, à la fantaisie, presque au désordre de l'esprit et du style, avait, au contraire, un instinct inné de l'ordre, le respect de la règle, et, ce qui est le commencement de la sagesse pour les gens de lettres, la peur de la grammaire. En le suivant avec une certaine attention, on voit qu'il marchait dans des sentiers bien plus réguliers qu'on ne le croyait et que lui-même ne le laissait voir.

Il y a autre chose encore dans ce roman : la jeunesse, et sous ce rapport on peut le regarder comme n'étant pas de notre temps. Ce n'est pas d'un esprit chagrin de dire qu'aujourd'hui il n'y a plus de jeunesse. Je ne parle pas de la vie réelle, je ne parle que de la fiction. Or, dans les fictions modernes, il n'y a plus de jeunes gens, les héros et les héroïnes du roman et du théâtre n'ont plus vingt ans, on dirait que notre vie commence plus tard. Autrefois, et dans Molière, les hommes de quarante ans étaient déjà des barbons, aujourd'hui, ils sont des jeunes-premiers. Or les personnages que créa M. Jules Janin dans tous ses romans sont toujours au printemps de la vie, et lui-même il eut toujours vingt ans, il eut toujours la gaieté et l'expression de la jeunesse, et jusque dans ses cheveux blanchis on retrouvait encore ces boucles riantes dont se souvenait son ancien condisciple.

Ce premier livre, ce premier feuilleton, œuvre d'un génie inconscient, décida de la destinée de M. Jules Janin. Il se trouvait journaliste sans le savoir. « L'auteur, dit-il, fut chassé du camp des poëtes, absolument chassé, et il se vit forcé d'entrer dans le camp stérile, abominable, des critiques. »

Toutefois, il cherchait encore sa voie, car il commença par faire du journalisme politique. Qu'allait-il faire, grand Dieu ! dans cette galère, dans cette carrière militante où il faut savoir se faire encore plus d'ennemis que d'amis ? Voici donc M. Jules Janin, celui que nous avons tous connu, lancé dans la polémique. Il a raconté plus tard, avec beaucoup de bonhomie, comment il pourfendait les ministres du jour, comment il coupait en petits morceaux et dévorait à belles dents les hommes en place. Il paraît que dans ce temps-là la police avait pris une mesure disciplinaire contre le Polichinelle des Champs-Élysées. Il se fit le défenseur chaleureux de notre Pasquin. C'était, à vrai dire, la mesure juste de son tempérament d'opposition. En défendant Polichinelle, c'était la satire, la critique, le journalisme populaire, qu'il défendait

C'est lui qui, en 1829, peu de temps avant une de nos nombreuses révolutions, disait d'un ton superbe : « Non, César lui-même, fût-il à la place de M. de la Bourdonnaye, aujourd'hui Jules César ne passerait pas le Rubi-

con. » Que de Rubicons. hélas ! ont été traversés depuis
ce temps-là !

Ce n'est pas à dire que M. Jules Janin n'eût de temps
en temps l'instinct politique. Ainsi les vrais Parisiens, comme le sont généralement les académiciens, ne sauraient
qu'applaudir à cette vigoureuse plaidoirie pour notre ville:
« Paris ! Paris est une fiction. Parcourez ce cercle immense, étudiez avec soin ce monde politique dont Paris est la
tête et le cœur, combien trouverez vous de Parisiens aux
emplois? Quel est le préfet né à Paris, quels sont même
les membres de son conseil municipal; quels sont enfin les
députés de Paris? Tous les hommes appelés à gouverner,
à représenter, à protéger la ville, ne sont-ils pas nés dans
la province? Ne sont-ils pas venus de ces mêmes départe-
ments qu'on voudrait plaindre, exprès pour être les chefs
de cette cité redoutable? Où est Paris dans Paris, je vous
prie? Le commerce est-il né à Paris? La banque est-elle de
Paris? Les ministres sont-ils nés à Paris?... La province
est partout dans Paris, la province a tout envahi dans
cette capitale si cruellement dénoncée..... Hâtez-vous.
trompettes de Jéricho ! Promenez de ville en ville, comme
on le propose, la royauté, la Chambre des députés, les
ministères, l'Institut, les théâtres, les musées, les biblio-
thèques, tout ce qui fait que Paris est Paris, et vous verrez les provinces succomber inévitablement sous un far-
deau pour lequel elles ne sont point faites... »

Cette brillante sortie fut son dernier soupir de journaliste politique. Au fond M. Jules Janin n'était pas fait pour
ce rude métier. Il avait trop de ce que Shakspeare appelle
« le lait de la bonté humaine »; il n'avait pas ce que son

cher Horace appelait le triple airain ; il ne ressentait pas les
haines vigoureuses, ou du moins il ne les gardait pas longtemps. Un de ses confrères et des miens, celui qui va me
répondre et qui m'a si souvent servi d'encouragement et
d'exemple, l'a très-bien caractérisé sur sa tombe, en di-
sant : « Passionné, certes il l'était souvent ; il avait des ran-
cunes qu'un tour de plume apaisait, des haines implacables
qui duraient une semaine, des vengeances que dissipait le
sourire d'un enfant. » Un autre de ses amis, qui m'assiste
aujourd'hui, disait aussi : « Une caresse, un bonbon le re-
mettaient de bonne humeur. »

En effet, M. Jules Janin était un militant de la forme, du
style et du goût, un amant de la belle littérature ; il n'était
pas, heureusement pour lui, un soldat de la guerre civile.
Il n'aimait pas à avoir des ennemis, et à la fin de sa vie,
après cinquante ans de critique, il n'en a pas laissé un seul.
Dans notre vie de combat quotidien, nous ne sommes pas
si fortunés. Notre lot se compose d'amitiés et d'inimitiés
également méritées ; mais il y a certains jours où le triage
se fait et où des voix austères et justes séparent le bon
grain de l'ivraie. C'est ce que vous avez fait pour moi,
Messieurs ; au jour de votre jugement, vous avez mis dans
la balance le bien et le mal ; vous m'avez choisi, vous m'avez
admis parmi vous ; cela me suffit.

M. Jules Janin ne resta pas longtemps dans cette four-
naise ; il y faisait trop chaud pour sa constitution essen-
tiellement aimable, amicale et tolérante. Il cherchait
toujours sa voie. Ces grands juges et ces critiques éprouvés,
les Bertin, qui n'écrivaient pas mais qui savaient lire, dis-
cernaient un fond solide sous cette forme légère. Un jour,

M. Duviquet, qui tenait, selon la formule, le sceptre de la critique théâtrale, eut à faire une absence. M. Jules Janin le remplaça, et le lendemain matin il put dire avec Paris tout entier : « J'ai trouvé! » Ce premier feuilleton décida de sa vie. M. Duviquet, en revenant, mit ses vénérables mains sur la tête du coupable, et dit au nouveau révolutionnaire : *Tu Marcellus eris!* Et, en effet, il devint Jules Janin.

Ce premier feuilleton fut plus qu'un coup de théâtre : ce fut un coup de tonnerre éclatant dans les régions jusqu'alors paisibles, uniformes, un peu monotones de la critique. Ce fut une irruption, une invasion, une révolution ; ce fut le feuilleton qui prit la place du théâtre, qui s'empara de la scène et devint lui-même le drame ou la comédie. Jusqu'alors la critique, humble servante de n'importe quelle œuvre, bonne ou mauvaise, se bornait à faire l'analyse de la pièce. M. Janin cassa cette chaîne que ne pouvait porter un esprit indépendant, volontaire et primesautier comme le sien. Il changea tout cela ; il trouva et créa un genre, qui fut de ne pas faire l'analyse de ce qui n'en valait pas la peine, et, même en prenant pour point de départ le titre d'un méchant vaudeville ou d'un infime mélodrame, de lancer sur ses lecteurs éblouis le plus inattendu des feux d'artifice.

Je sais, Messieurs, que les nouvelles générations, tout en rendant justice aux grands dons littéraires de M. Jules Janin, ont une certaine peine à comprendre l'incroyable, le prodigieux effet que produisirent ses premiers feuilletons. Ce n'est point de l'injustice, c'est ce que j'appellerai de l'anachronisme. Pour bien se rendre compte de cette

révolution opérée dans la critique théâtrale, il faudrait
remonter au temps où elle éclata. Elle était contemporaine
et sœur de la révolution qui changeait la langue et les
mœurs. Aujourd'hui, au bout de quarante ans d'exercice,
nous sommes habitués à cette liberté d'allures et à cette
licence de langage ; mais, dans ce temps-là, c'était le monde
renversé. La nouvelle école avait déjà pris d'assaut le théâtre, et elle attendait la nouvelle critique. Plusieurs parmi
vous, Messieurs, se rappellent cette époque agitée, et je
laisse mon prédécesseur la décrire en quelques mots :

« En ce temps-là, dit-il, nous nous baissions modestement,
quand nous passions sous l'Arc de triomphe, pour ne pas
nous briser le crâne à ces hauteurs. La vocation était partout. Qu'il y eût au-delà du monde ancien un monde nouveau, ce n'était un doute pour personne. Ainsi l'Amérique
était pressentie vingt ans avant le départ de Christophe
Colomb. En ce temps-là, pas un seul de ces spectateurs en
délire n'eût donné son banc au parterre, même pour aller
au secours de son père. On regardait son voisin d'un air
sombre, comme si l'on eût été à côté d'un ennemi : on se
comptait, les deux camps se mesuraient du regard. Le
drame était dans la salle avant d'être sur le théâtre ; pour
un hémistiche on se serait battu jusqu'aux morsures. C'é-
tait là le bon temps !... De cette rage et de ces colères
d'école à école on pourrait raconter des énormités. Le
mot : Enfoncé, Racine ! a été bel et bien prononcé dans
une farandole échevelée, au milieu du foyer du Théâtre-
Français. L'autre parole à propos de Corneille : « Eh ! de
son temps, nous n'aurions pas mieux fait que lui. » a été
dite en toute naïveté... »

Eh bien, Messieurs, dans cette mêlée ardente, dans cette
éruption volcanique d'une nouvelle race littéraire, que pouvait devenir l'ancienne critique, la critique sage, mesurée,
tempérée, pondérée, la critique poudrée ? Pour accompa-
gner cet immense tumulte, il fallait une plus retentissante
fanfare, et ce fut alors que Jules Janin entra triomphale-
ment avec son clairon dans le grand concert romantique.
Ce fut d'abord un scandale, ce fut un peu comme le perro-
quet de Gresset épouvantant le couvent avec sa langue
verte ; mais le succès, qui est quelque chose en tout, cou-
ronna cet audacieux début, et Jules Janin prit sa place au
premier rang.

Toutefois, s'il s'enrôla dans la grande croisade de ce
temps héroïque, ce fut comme soldat indépendant, nous
dirions aujourd'hui comme franc-tireur. Était-il classique
ou romantique ? Il était l'un et l'autre. Il était classique par
son amour constant de l'étude, par son assiduité aux lectures anciennes, par son culte pour l'antiquité. Vous savez à
quel point il avait le fanatisme d'Horace, si toutefois ce mot
et ce nom peuvent être associés. Il aimait à le lire, à le relire,
il en fit et en refit la traduction avec amour. Ce petit livre
était son enfant gâté ; il disait que c'était son meilleur titre,
presque le seul, à vos suffrages. Je ne suis pas de cet avis ;
son vrai titre, c'est sa littérature dramatique. S'il était classique par le bon sens, il était romantique par l'imagination,
par le caprice, par l'intarissable fantaisie, par l'inépuisable
improvisation. Par-dessus tout il était critique, ce qui le
préservait des excès. En même temps qu'il se jetait à corps
perdu dans le mouvement, il y gardait sa liberté, et il pro-
testait à sa manière contre les exagérations et contre le

ridicule. Ainsi son premier livre avait été une satire de la chambre des horreurs. Ainsi, quand au théâtre on abusait de *la Marseillaise,* il répondait par cette autre chanson française : *J'ai du bon tabac.* Sa personne, sa vie, son tempérament étaient aussi une protestation. Au milieu de l'école de saules pleureurs dont les larmes pleuvaient sur la scène et sur le monde, il faisait retentir les cascades de son rire étincelant, et, devant les figures à l'air fatal et les chevelures effarées, il se montrait avec cette coiffure qu'il avait rendue légendaire, ornée d'un ruban rose, et sous laquelle s'épanouissait son bon visage resplendissant de gaieté et de santé. C'était l'insurrection du bonnet de coton gaulois contre le bonnet rouge de la littérature révolutionnaire.

Vous me pardonnerez, Messieurs, de vous parler de l'homme en même temps que de l'écrivain. Il serait, d'ailleurs, impossible de les séparer. Sa personne appartenait au public autant que son travail. Il était pour le monde entier une figure familière, et quand il disait, toujours avec Horace : *Contentus paucis lectoribus,* il savait bien qu'il disait un paradoxe. Il aimait, au contraire, la foule des lecteurs ; il faisait quelquefois bon marché de la qualité pourvu qu'il eût la quantité. Rien ne le faisait rayonner comme d'être désigné, regardé. Il adorait la popularité, qui le paya de son amour en le comblant de ses faveurs ; il jouissait de son universelle notoriété avec une satisfaction presque enfantine, et tellement simple et sincère qu'elle en était absolument inoffensive. Le jour où une loi nouvelle imposa aux journalistes l'obligation de la signature, et où il eut à remplacer par son nom des initiales connues dans le monde entier, il y eut autour de lui un universel éclat de rire.

Et comment n'aurait-il pas été populaire? Il était tellement mêlé au bruit, à la foule, à la vie du dehors, qu'il semblait en être un des éléments. Il s'emparait de tous les sujets qui passaient devant ses yeux ; il jetait le grain à pleines mains dans les sillons et poursuivait sa marche sans même regarder si les blés poussaient. Je voudrais bien pouvoir vous dire tout ce qu'il a écrit, mais je crois que lui-même n'aurait pu le faire. *Le Chemin de traverse, la Religieuse de Toulouse, les Gaietés champêtres*, étaient des excursions dans le domaine du roman. Deux livres qui me paraissent avoir une valeur supérieure, c'est *Barnave* et *la Fin d'un monde* ; ils sont mieux dans la vraie nature de M. Jules Janin ; on y retrouve le journaliste, je pourrais dire le pamphlétaire. Jules Janin s'était pris de passion pour cette fin du dix-huitième siècle dont les événements ont renouvelé la face de la terre ; toute sa vie, cette obsession le poursuivit. Au commencement de sa carrière, nous le voyons faire dans *Barnave* la peinture fougueuse de la mort de la monarchie, et, dans les dernières années de sa vie, nous le voyons retourner à la même époque historique et continuer *le Neveu de Rameau* dans un livre d'une incroyable jeunesse.

Je ne saurais dire, et je répète que lui-même ne l'aurait pas pu, le nombre des recueils, des revues et même des almanachs dans lesquels il dispersait une littérature toujours facile, mais toujours originale. Il écrivait comme l'oiseau chante ; il avait de l'esprit comme on a dit que les gens bien portants jouissent de la santé, sans s'en apercevoir.

Est-ce à dire que la facilité naturelle puisse se suffire à elle-même, et que le don de l'improvisation puisse sub-

sister sans culture? Ce n'est pas devant des juges comme
vous que je défendrais une pareille thèse. M. Jules Janin,
qui parut toujours écrire d'abondance, est au contraire un
admirable exemple de la nécessité du travail. Il se défendait bien quand il répondait aux propos légers du monde :
« Eh! oui, dit-on, c'est un bel esprit, mais si futile! Il sait
écrire, mais ça lui coûte si peu! » Vous savez tous, Messieurs, que cela coûte quelque chose. Assurément, on pourrait appliquer à M. Janin ces mots charmants : « Je suis
comme les petits ruisseaux; ils sont transparents parce
qu'ils sont peu profonds. » C'est Voltaire qui parlait ainsi
de lui-même, et l'on peut se consoler en pareille compagnie. Mais est-ce que Voltaire, en écrivant beaucoup, ne
lisait pas aussi beaucoup? Et surtout, est-ce qu'il n'était
pas activement mêlé à tous les événements et à tous les
incidents de son temps? est-ce qu'il n'était pas le correspondant du monde civilisé, le point central auquel aboutissaient tous les battements du cœur de l'humanité?
Croyez-vous donc que cette association de tous les jours,
de toutes les heures, avec le monde extérieur, que cette
obligation de suivre l'histoire dans toutes ses transforma-
tions quotidiennes, que cette nécessité de ne rien perdre
des notes justes ou fausses de la voix publique, ne soient
pas en elles-mêmes un véritable travail?

Heureux ceux qui peuvent choisir leurs lectures! Le
journaliste ne le peut pas. Il n'a ni la liberté ni le temps
de choisir les aliments de son esprit. Il amasse chaque matin ou chaque soir les matériaux avec lesquels d'autres fe-
ront à loisir des constructions. Il est la proie du jour, de
l'heure, de la minute; le sphinx insatiable et insensible de

l'histoire quotidienne est toujours assis devant lui, atten-
dant la réponse qu'il faut livrer sans même la relire. Si
vous voulez voir ce qu'était, par exemple, le travail de
M. Jules Janin, je prendrai un de ses plus anciens feuilletons, dans lequel il se figurait poursuivi par le spectre du
vaudeville. Il raconte que, par une nuit de brouillards, il
est abordé par un petit homme gris, habillé de tous les
oripeaux du théâtre, qui s'empare de lui et l'accompagne.
C'est le vaudeville, l'enfant de l'esprit français. En vain
veut-il résister ; le tortionnaire lui fait réciter impitoyable-
ment le nom de tous les faiseurs de vaudevilles. Lettre par
lettre, tout l'alphabet y passe, et, tout compte fait, le malheureux critique arrive, pour une seule année, au chiffre
de cent soixante-huit auteurs dramatiques, huit cent quarante actes, plus de trois mille couplets, dix-huit mille refrains à voir, à entendre, à juger. Et, en supposant seulement dix années de ce travail, voyez quel sera le chiffre
final ! Il disait seulement dix ans, il a fait cette besogne
pendant plus de quarante ans.

Il n'y aurait pas résisté s'il n'avait pas trouvé des res-
sources en lui-même ; et c'est ici, Messieurs, qu'on peut
saisir le côté véritablement original et créateur de M. Jules
Janin. Il sentait sa valeur, il sentait que lui aussi il était un
inventeur, et qu'il n'était pas fait uniquement pour accom-
pagner tous ces refrains dont il était saturé. Au lieu donc
de se borner à ce rôle de joueur de flûte à la suite des rhé-
teurs, il se fit lui-même orateur et poëte. Ses feuilletons
devinrent le drame, ou la comédie, ou le vaudeville. Il
trouva d'abord cette voie tout naturellement et d'instinct ;
mais plus tard il en fit la philosophie. L'art, comme il le

disait, consistait à faire tantôt un tableau d'histoire ou de genre, tantôt un conte, une fantaisie ou un feu d'artifice, de la comédie jouée la veille. Et, en effet, c'est ce qu'il faisait : il écrivait à côté. C'est ainsi qu'à propos de Mme du Barry, ou de Restif de la Bretonne, ou de Paganini, et d'autres encore, il a écrit des pages véritablement éloquentes et brûlantes. Puis, tout à coup, il sortait des gonds, s'abandonnait au caprice, et, en inventant Deburau, un célèbre Pierrot, livrait à son public la queue du chien d'Alcibiade. Il avait élargi la scène et transporté le théâtre dans le monde. S'il appartenait à l'événement du jour, il le lui rendait bien, et à son tour il s'en emparait et en faisait sa propriété, sa chose.

Laissez-moi vous dire comment il justifiait cette évolution de la critique : « La jeune critique, disait-il, avait à faire, elle aussi, ses preuves de mérite et de talent; elle voulait montrer qu'elle savait écrire et penser pour son propre compte... Il ne faut donc pas chercher dans le feuilleton moderne l'allure et l'accent d'autrefois. De temps à autre, quand il trouve qu'il n'a rien à dire de l'œuvre appelée à sa barre, il se met à parler pour son propre compte, et, plantant là ces impuissances indignes d'un jugement sérieux, il se met à faire l'école buissonnière à travers les poésies qui lui sont défendues... » Et il ajoutait ailleurs : « Nous jouons là, critiques mes frères, un jeu ingrat, un jeu périlleux, un jeu difficile; au moins faut-il, pendant que nous sommes attachés à tant de renommées douteuses, pendant que nous rendons célèbres tant d'inventions puériles, au moins faut-il que pas à pas nous montions à quelque renommée à notre propre compte. Eh! je vous le de-

mande, où en serait le feuilleton si, après un exercice de
vingt années, on n'en pouvait tirer que l'analyse exacte
d'un tas de chansons tombées en poussière, et dont personne n'a souvenance, pas même les beaux esprits qui les
ont faites?... »

Il traitait autrement, Messieurs, les grands maîtres de
la scène. Quand il s'agissait d'eux, il rentrait dans l'ordre,
dans le respect des grands principes littéraires. Ses feuilletons sur Molière, sur Racine, montrent quel fond solide
d'instruction et de saine critique il y avait sous cette parole habituellement légère ; et, quant à l'école moderne, il
y était tellement mêlé qu'il plaidait pour elle comme pour
sa maison; il aurait dit : *pro domo sua*. On prétendait quelquefois qu'il était banal, il était simplement bienveillant ;
on le croyait frivole parce qu'il n'était pas ennuyeux. Mais
il était, quand il le fallait, un vrai critique, un critique aigu,
acéré ; il avait un don supérieur de discernement, de triage :
il découvrait d'un coup d'œil ce qu'il fallait élaguer, ce
qu'il fallait conserver; il avait ce qu'on pourrait appeler
un admirable diagnostic. Non-seulement il avait inventé
un genre de critique, mais encore, comme pourraient l'at-
tester de célèbres exemples, il a su trouver, découvrir des
poëtes, des acteurs, des actrices; il a su les voir, les saluer
à leur naissance, les soutenir dans les premiers pas dif-
ficiles ; et c'était le plus grand de ses bonheurs que cette
première protection donnée à des talents qui, sans lui
peut-être, seraient restés inconnus ou se seraient ignorés
eux-mêmes.

Je ne chercherai point à ranger M. Jules Janin dans telle
ou telle école. Il n'était d'aucune. Il était original. Jamais on

n'a pu appliquer mieux qu'à lui le mot : « Le style est
l'homme même. » En lui, l'homme, c'était le feuilleton. Il
avait créé un genre, mais non une école; il n'a jamais fait et
ne fera jamais d'élèves. On a essayé bien souvent de faire
du Janin; mais ce n'était pas la même chose. Les chi-
mistes, eux aussi, peuvent décomposer et analyser les eaux
minérales et en séparer les divers éléments, mais ils ne
peuvent pas les recomposer ni leur restituer leurs qualités
premières; ils ne peuvent leur rendre cette vertu qui est le
don direct de la nature, et qui, dans un autre ordre, s'appelle la grâce. On pourrait presque dire qu'il portait la
peine de son admirable et merveilleuse facilité; car on était
tenté de l'appeler de la légèreté. N'est-ce pas ainsi que
l'on est trop porté à confondre la moquerie avec le scepti-
cisme, et l'ironie avec l'incrédulité? Non! nous ne nous
moquons ni de l'honneur, ni de la vertu, ni de l'amour, ni
des passions nobles de l'humanité ; nous nous moquons de
l'hypocrisie, du charlatanisme, de la sottise humaine. C'est
le droit de la critique, et c'est son devoir.

Un des traits les plus caractéristiques de M. Jules Janin,
ce fut l'équilibre et pour ainsi dire la bonne santé de son
esprit. Jamais il ne connut « l'inexorable ennui qui fait le
fond de la vie humaine ». Je ne sais comment il a fait pour
se préserver de la tristesse, pour échapper à cette affreuse
névralgie qui de nos jours prend les âmes comme les corps.
Il résista à cette mortelle mélancolie que faisaient des-
cendre sur nous René, Oberman, Jocelyn et Olympio. Il
fut malade; il ne fut jamais maladif. Dans les temps tu-
multueux que nous traversions, il avait toujours gardé son
fond inaltérable de bienveillance et de bonne humeur.

Pendant bien des années j'ai admiré la facilité naturelle, spontanée, qu'il avait à être heureux. Non-seulement il aimait le travail, mais il était toujours sincèrement, presque naïvement content de ce qu'il faisait, et pour lui sa dernière page écrite était toujours la meilleure qu'il eût jamais écrite. Vous vous rappelez, Messieurs, la douceur avec laquelle il supporta ici même une déception, le jour où il vit frustrer momentanément la plus grande ambition de toute sa vie. Il fit son « discours à la porte de l'Académie », et il se remit, dit-il, à corriger « d'une plume apaisée » sa traduction d'Horace. C'est dans ce discours qu'il disait : « On dira que je viens d'écrire un feuilleton. J'accepte avec un certain orgueil cette honorable censure. A Dieu ne plaise, en effet, que je te renie un seul instant, ô ma chère création, mon bon camarade, ami des beaux jours, espérance et consolation des jours mauvais! Tu n'as jamais manqué, dans ton ombre et dans ton petit bruit, de pitié pour les vaincus, de respect pour l'exilé, d'encouragement au jeune homme et de louanges à toutes les honnêtes pensées, à tous les illustres courages... »

Et, en effet, il resta toujours fidèle à son travail de près d'un demi-siècle, jusqu'au jour où la maladie arrêta sa main. Retiré dans sa charmante maison de Tibur, il y gardait encore et son égalité d'âme et tous ses amis. Le chagrin n'approchait pas plus de son chalet que de sa personne; tous deux riaient au soleil. Il se consolait de la souffrance en regardant autour de lui. Non-seulement il adorait les lettres, mais il avait la passion des livres, et il aimait à vivre au milieu des plus belles éditions et des plus précieuses raretés.

Et quand je dis qu'il se consolait en regardant autour de lui, auprès de lui, comment pourrais-je oublier l'influence gracieuse et tutélaire qui veillait si tendrement à ses côtés? Comment ne pas envoyer un souvenir respectueux à la femme si admirablement dévouée qui fut vraiment la compagne de sa vie? M. Jules Janin croyait encore écrire lui-même quand il écrivait par cette main si obéissante à sa pensée, si familiarisée avec les habitudes de son esprit et les fantaisies de son style.

Ce fut au milieu de ces tendres soins, entouré de cette infatigable sollicitude, que M. Jules Janin s'éteignit doucement le 21 juin 1874. Il s'est assis bien peu de temps dans ce fauteuil tant désiré et si bien mérité. Il eût aimé à s'y reposer et à prendre part à vos sereines et pacifiques discussions. L'Académie était pour lui l'atmosphère naturelle, l'air ambiant. Il y eût mieux respiré que dans la fumée de nos discordes. Je disais qu'un de ses derniers livres avait pour titre *la Fin d'un monde*. Il y eut une autre époque de l'humanité, le millénium, où le genre humain éperdu attendait la fin du monde et la consommation des temps. Les fidèles ne bâtissaient plus les cathédrales qu'en bois, car, à quoi bon construire pour l'avenir, puisque tout allait finir? Nous aussi, dans les bouleversements incessants de notre histoire, nous pourrions croire que nous sommes arrivés à une époque semblable. C'est pourquoi nous construisons, non plus des monuments durables, destinés à abriter les générations futures, mais des tentes faites pour le jour et pour l'heure. Quant à vous, vous continuez au milieu de toutes les révolutions votre travail tranquille, vous construisez votre cathédrale à laquelle chacun apporte sa pierre. Vous êtes toujours le Sénat conservateur et modérateur de la langue française, et les mots nouveaux, même ceux qui forcent les portes, doivent être adoptés par vous pour devenir légitimes.

En sortant d'ici, beaucoup d'entre nous rentreront dans le grand champ de bataille de la vie. C'est notre lot, nous y mourrons. Mon prédécesseur disait, quand on lui demandait les éléments de sa biographie : « Je suis comme les peuples heureux, je n'ai pas d'histoire. » Je demande à ne pas accepter ce proverbe pour les peuples, et je dis, au contraire : « Malheureux les peuples qui n'ont pas d'histoire ! »

Le plus célèbre poëte de l'Allemagne a dit : « Celui qui n'a pas mangé son pain dans les larmes, celui qui n'a pas passé des nuits de douleur assis sur son lit en pleurant, celui-là ne vous connaît pas, ô puissances célestes ! »

Ainsi les peuples qui n'ont pas souffert, crié, pleuré, saigné, ne sont pas dignes de la liberté ; n'ont mérité ni de la connaître, ni de l'aimer, ni de la servir. L'agitation n'est pas toujours stérile, elle est aussi le signe de la vie. Les peuples en mouvement sont comme le métal en fusion et en ébullition, duquel sortira la statue. Quelque nom qu'elle porte, ce sera toujours l'inextinguible, immortelle et éternelle France !

RÉPONSE

DE

M. CUVILLIER FLEURY

DIRECTEUR DE L'ACADÉMIE FRANÇAISE

AU DISCOURS

DE M. JOHN LEMOINNE

PRONONCÉ DANS LA SÉANCE DU 2 MARS 1876.

MONSIEUR,

Vous l'avez dit avec raison, et je le dirai à mon tour, sans être arrêté par votre modestie : vous entrez ici comme journaliste. Laissez-moi ajouter que si vous avez été, dès votre première candidature, accepté par notre compagnie, c'est que, comme publiciste, vous avez été distingué parmi les meilleurs, que vous avez gardé un style original dans cette confusion des langues qui caractérise trop souvent les luttes de la presse périodique, et enfin que vous avez montré, dans une circonstance récente et terrible de notre histoire, comment la plume peut devenir, au milieu d'un grand péril social, une arme vaillante dans la main d'un homme de cœur.

Pourquoi ne pas le dire, Monsieur? ce n'est pas un « quatrième pouvoir », c'est la plus réelle puissance des temps modernes que vous représentez ici. C'est comme un de ses ministres que nous vous recevons. Vous représentez la presse, non pas dans sa forme générale et abstraite qui se confond avec celle de l'esprit lui-même, mais dans son acception qu'on pourrait croire la plus réduite, la presse quotidienne, le journalisme, le journal. Un de vos plus éminents prédécesseurs, assis en ce moment près de vous, se félicitait un jour, entrant dans cette enceinte, de n'avoir jamais écrit que dans les journaux. Il venait rejoindre sur ces bancs un autre publiciste comme lui, un ami de vingt ans, un nom illustre dans l'Université, la politique et les lettres, une chère mémoire pour chacun de nous. J'ai nommé Saint-Marc-Girardin.

Ce n'est pas d'aujourd'hui, Monsieur, que la liberté de la presse compte comme un pouvoir dans l'État. Sans cesse remaniée et réglementée depuis un siècle, on a pu ralentir son allure, calmer son ardeur, refréner sa véhémence naturelle; on ne l'a jamais, ni sérieusement atteinte comme influence, ni diminuée comme pouvoir. Elle reste un pouvoir.

« Nous avons vu, disait un grand sage, la vieille société périr, et avec elle cette foule d'institutions domestiques et de magistratures indépendantes qu'elle portait dans son sein, faisceaux puissants des droits privés, vraies républiques dans la monarchie. . . . . Pas une n'a survécu, et nulle autre ne s'est élevée à leur place. La Révolution n'a laissé

debout que les individus. . . . . De la société en poussière
est sortie la centralisation. . . . . La charte de 1814 (après
la dictature de l'Empire) avait donc à constituer à la fois
le gouvernement et la société. . . . . Elle aurait trop peu
fait (ayant établi l'un) pour relever l'autre, si elle s'était
arrêtée à la division des pouvoirs. A la place d'un despotisme simple, nous aurions eu un despotisme composé,
l'*omnipotence* parlementaire après l'*omnipotence* d'un seul...
Ce n'est qu'en fondant la liberté de la presse, comme droit
public, que la charte a véritablement fondé toutes les libertés et rendu la société à elle-même. La liberté de la
presse doit fonder à son tour la liberté de la tribune, qui
n'a pas un autre principe ni une autre garantie. Ainsi la
publicité veille sur les pouvoirs. Elle les éclaire, les avertit,
les réprime, leur résiste. S'ils se dégagent de ce frein salu-
taire, ils n'en ont plus aucun ; les droits écrits sont aussi
faibles que les individus. Il est donc rigoureusement vrai
que la liberté de la presse a le caractère et l'énergie d'une
institution politique ; que cette institution est la seule qui
ait restitué à la société des droits contre les pouvoirs qui
la régissent, et que le jour où elle périra, ce jour-là nous
retournerons à la servitude (1)... »

J'ai voulu, Monsieur, vous montrer les titres de noblesse
de votre profession, rédigés par un philosophe chrétien, un
royaliste, nullement suspect d'enthousiasme pour les con-
quêtes de l'esprit moderne, mais qui en avait reconnu l'im-

____

(1) Fragments du discours prononcé par M. Royer-Collard dans la discussion du projet de loi sur la presse (1822). (*Vie politique de M. Royer-Collard,*
par M. de Barante, tome II, p. 131-133.)

prescriptible nécessité. Ce philosophe, vous le connaissez ; il a été pendant soixante ans, avec Chateaubriand, avec M. Guizot, avec le duc de Broglie, M. de Salvandy, M. de Montalembert (1), l'invariable et infatigable défenseur de la liberté de la presse : c'était M. Royer-Collard. J'aime à opposer un tel témoignage aux superbes dégoûts qui, de nos jours encore, après tant d'épreuves qui le confirment, s'attaquent au principe même de la publicité périodique.

La liberté de la presse a, malgré tout, un grand défaut. Elle a été faite pour des hommes, non pour des anges. On s'en aperçoit tous les jours. Elle est une institution humaine avec les faiblesses et les imperfections de l'humanité. Née d'une grande nécessité sociale, non d'une fantaisie d'innovation, elle est aussi une industrie, un métier ; elle tient boutique, et l'on a peine à faire sortir quelquefois, de ces échoppes banales où elle vend ses produits, l'idée de sa grandeur, de son utilité et de sa puissance. Il faut pourtant s'y résoudre. Et savez-vous ce qui la relève de ces misères matérielles de sa condition et de son ménage ? C'est qu'elle a quelque chose au-dessus d'elle, d'où elle tire la force et la dignité. Si humble que soit le journaliste, si cachée que soit sa vie, si masqué que soit son visage, il est au service

(1) « M. de Montalembert était plus de son temps qu'il ne le croyait lui-même. Il aimait la presse ; il éprouvait pour elle cet entraînement qui est de nos jours. Il redoutait ses excès, la blâmait sévèrement, et n'eut pas toujours à s'en louer ; mais toujours il lui revenait, et à ce propos il répétait ce vers d'une élégie amoureuse d'Ovide :

... Nec sine te, nec tecum vivere possum.

Je ne puis vivre ni avec toi, ni sans toi. »

(Discours de réception de M. le duc d'Aumale à l'Académie française, le 3 avril 1873.)

d'une opinion ; il ne vaut quelque chose moralement, et le talent à part, que par l'opinion qu'il représente, si elle est honnête. Sans elle, sa voix se perd dans l'immense étourdissement des pensées creuses et des paroles sans écho.

On dirait, quand on parle de l'opinion, que c'est le dix-neuvième siècle qui a inventé le mot et la chose. Notre siècle a inventé et surtout il a détruit beaucoup de choses. Ce qu'on appelle l'opinion existait avant lui. « Il faut, disait Fénelon de sa voix la plus douce, avoir grand égard à l'improbation du public. » Écoutez aussi ce qu'écrivait M. Necker en 1784 : « La plupart des étrangers, disait-il, ont peine à se faire une idée de l'autorité qu'exerce en France aujourd'hui l'opinion publique. Ils comprennent difficilement ce que c'est que cette puissance invisible qui commande jusque dans le palais du roi (1). » Et plus tard, M. Fiévée, le correspondant secret de Napoléon, lui écrivait un jour : « Méfiez-vous, Sire ! Sous un gouvernement absolu, l'opinion, c'est ce qu'on ne dit pas. » Aussi, revenu aux Tuileries après le 20 mars, et à peine établi : « Nous rendrons dès demain la liberté de la presse, disait l'empereur. Pourquoi la craindrais-je désormais ? Après ce qu'elle a écrit depuis un an, elle n'a plus rien à dire sur moi, et il lui reste encore quelque chose à dire de mes adversaires (2). » Il se croyait réconcilié avec l'opinion.

Calme ou irritée, invisible ou présente, silencieuse ou grondante comme la mer que les vents déchaînent, l'opinion, depuis la chute de l'ancien régime, était donc devenue

---

(1) *Les Origines de la France contemporaine*, par M. Taine, tome Ier, p. 397.
(2) M. Thiers, *Histoire du Consulat et de l'Empire*, tome IX, p. 238.

maîtresse ; les livres, ceux de Montesquieu lui-même, ne
lui suffisaient plus. « N'aie pas peur ; parle et ne te tais
pas, disait Dieu à saint Paul ; car j'ai un grand peuple à
moi dans cette ville (1). » A une telle puissance il fallait
un organe pour ses combats comme pour ses victoires, pour
ses bons et ses mauvais jours, — un organe actif, vigilant,
quotidien, passionné comme elle, mais capable de se décider
pourtant le jour où le sentiment public l'emporte sur l'obs-
tination égoïste des partis. — Ce jour-là, par l'accord qui
se fait entre l'opinion et la presse, le journal est le
maître. Le talent du journaliste y peut beaucoup, mais à
cette condition. Chateaubriand met le sien au service d'une
ambition personnelle, blessée à mort ; mais à ses colères
sourit l'opinion, et il réussit plus qu'il ne l'a voulu. Armand
Carrel, avec l'entraînante âpreté d'un adversaire sans merci,
essaye une lutte pareille contre la royauté de Juillet : il
échoue. Tant vaut l'opinion, tant vaut l'écrivain. Tantôt
elle prête son prestige au plus humble de ses organes ;
tantôt elle l'emprunte, en lui communiquant sa force, à
l'écrivain lui-même. Junius, masqué, a besoin d'avoir mille
fois raison contre le duc de Grafton ; mais il a raison.
Voyez-vous cette lumière qui brille dans cette rue de
Londres, là-haut, à cette mansarde ? Il y a là un inconnu,
une plume à la main. Son existence, il y a cent ans, était
un mystère ; elle l'est encore. Il écrit sur l'événement du
jour, sur un projet de loi présenté aux Communes, sur un
incident diplomatique. Cet homme par lui-même n'est rien.
Mais, demain, la page qu'il vient d'écrire sera descendue

1. *Actes des apôtres*, chap. XVIII, vers. 9 et 10. (La vision à Corinthe.)

de son bureau dans l'atelier du journal (1). Elle sera lue dès l'aube du jour par des milliers d'acheteurs. Elle circulera dans le monde. Elle fera sensation dans les assemblées. L'ouvrier obscur de cet écrit anonyme, c'est un des ministres de la plus grande puissance du monde moderne, l'opinion.

C'est parce que vous avez ainsi compris, Monsieur, tout ce que la profession, adoptée par vous dès votre jeune âge, comportait de sérieux devoirs, que votre talent, qui aurait pu vous soutenir partout ailleurs, vous a, dans cette carrière, particulièrement servi. Votre indépendance naturelle, volontiers rétive, s'accommodait de ce rôle qu'on se crée à soi-même, de ce droit qu'on s'arroge de juger, sans mandat, les hommes et les choses, et de rendre des arrêts que l'opinion enregistre, même si elle les combat. Votre originalité même ne répugnait pas à cette tâche attrayante des controverses périlleuses. Elle s'y trouvait à l'aise comme la salamandre, dit-on, au milieu du feu.

Vous avez, en effet, cette qualité que son nom seul définit. Vous avez l'originalité, don précieux en toute espèce d'écrit, mais rare dans le journalisme ; car, lui aussi, s'appelle « Légion ». Le journaliste est par nécessité improvisateur. L'improvisation ne s'arrange guère d'une certaine délicatesse dans la forme de la pensée. Elle vise à l'effet plus qu'à la finesse. Il faut qu'elle frappe fort, s'il

---

(1) La première lettre de Junius parut le 21 janvier 1769, dans le *Public advertiser*, le duc de Grafton étant premier ministre, lord North chancelier de l'échiquier. Soixante-neuf lettres du même *inconnu* furent publiées pendant trois ans dans le même journal.

Voir l'*Angleterrre au XVIIIe siècle*, par Charles de Rémusat.)

ne lui est pas donné de toucher toujours juste. Elle est
condamnée aux redites, aux phrases toutes faites, aux mé-
taphores banales. C'est elle qui a inventé ce « vaisseau de
l'État » sur lequel nous avons navigué si longtemps. Doit-
on se plaindre si elle a quelques défauts inévitables? Comment suffirait-elle autrement à cette immense consommation de publicité qui se fait dans un grand pays : nouvelles
de partout, des assemblées et de leurs comités soi-disant
secrets, nouvelles des chancelleries et des palais, de la rue
et du salon, du tribunal et de l'Église, de la bourse et du
théâtre, sans compter les coulisses, qui ont leurs historio-
graphes, et sans parler du foyer domestique où la chro-
nique s'introduit trop souvent sans droit, non sans scandale, son carnet à la main? Ah! Monsieur, que deviendrait
le style, dans cette grande mêlée, si quelques écrivains
tels que vous n'en avaient reçu l'étincelle et gardé la
flamme? Le style, qui s'en inquiète? Est-ce l'écrivain? Personne ne lui en demande. Est-ce le lecteur? Il n'est
qu'avide, non difficile. Il a faim et soif. Il veut être pourvu
promptement, servi à point. Sa délicatesse littéraire, s'il
lui en reste, il y a encore de bons livres et de bonnes Revues pour la satisfaire. Au journal il demande le pain
quotidien, cuit à ce four toujours allumé, qu'entretient
sa curiosité insatiable, et dont s'accommode son goût
facile.

Vous avez été, Monsieur, plus sévère à vous-même, quoique vous ayez commencé de bonne heure. Comme publiciste, voici bien trente-cinq ans que vous êtes à l'œuvre.
L'historien illustre, qui a voulu être un de vos parrains
académiques, a été quelque temps le guide de vos premiers

travaux. Dès vos débuts votre goût se prononce. Français de cœur, l'étranger vous attire. Vous avez comme une nostalgie de l'Angleterre. Vous l'étudiez, vous la lisez, vous vous pénétrez de sa littérature, de son esprit, sauf à vous en servir contre elle un peu plus tard. Vous passez tour à tour la Manche et le Rhin, les Alpes et les Pyrénées. Vous êtes un des créateurs de la polémique extérieure dans les journaux français ; vous leur donnez le goût de s'occuper des affaires des pays étrangers. Bien peu de nous, avant que la vapeur eût abrégé les routes et les traversées, connaissaient vraiment l'Angleterre. Voltaire l'avait tour à tour glorifiée et raillée. M. de Staël nous l'avait montrée dans un livre agréable. Le *Globe* nous avait révélé, dans des lettres spirituelles, les secrets de son ménage électoral (1). Votre correspondance de 1841 a complété l'œuvre. Revenu en France, vous avez eu dans la presse un véritable département des affaires étrangères, ministre par votre plume, sans l'être toujours au gré de ceux qui l'étaient par l'autorité. Chose singulière ! votre nom fut d'abord beaucoup plus connu hors de France qu'au dedans, et il fallait, sortant de nos frontières, compter avec vous. On vous observait, et l'on vous craignait. Je me rappelle le temps où l'Autriche se plaignait de vous à notre cher Armand Bertin, et où l'Angleterre, qui vous attirait, ne vous plaisait guère. Elle a continué longtemps à exercer sur vous ce double et singulier effet : ni avec elle, ni sans elle. Au fait, le monde ne peut renoncer à l'influence anglaise ni s'y livrer aveuglément, même sur le canal de

(1) Lettres écrites au journal *le Globe* par M. Duvergier de Hauranne.

Suez. Vous avez très-finement marqué ces délicatesses de nos
rapports avec nos puissants voisins. Vous avez été passionné, et avec raison, pour l'indépendance de l'Italie,
quand elle ne semblait, aux cabinets de l'Europe monarchique, qu'un mauvais rêve, et vous n'avez jamais fait de
vœux contre la liberté de l'Espagne. Quant au fameux
« malade », celui d'Orient, dont le régime intérieur excite
aujourd'hui, à un si haut degré, la sollicitude plus ou moins
désintéressée de ses voisins immédiats, vous n'avez jamais
eu depuis trente ans aucune illusion sur son état.

Vous apparteniez, Monsieur, à la bonne école de la diplomatie française, contemporaine de la liberté parlementaire
que lui rapporta la Restauration. Avant cette époque, et depuis la chute de l'ancien régime, la politique étrangère de
notre pays s'était montrée tantôt provocante jusqu'à l'atro-
cité, tantôt fière jusqu'à l'insulte. « L'Europe nous menace,
disait Danton, jetons-lui pour la défier la tête d'un roi!...»
Plus tard, Dieu permit que cette horrible politique fût
arrêtée court. Le ton changea. Une certaine brutalité
guerrière, puis une certaine emphase républicaine, rempla-
cèrent l'anathème démagogique. « Avant trois mois, disait
le général Bonaparte à M. de Cobentzel, pendant les con-
férences d'Udine, et fatigué des lenteurs du plénipoten-
tiaire autrichien, avant trois mois je briserai votre monarchie comme je brise cette porcelaine!... » et le précieux
cabaret, don de l'impératrice Catherine, tombait en éclats
sur le parquet. « La République française est comme le
soleil, disait-on plus tard; aveugle qui ne la voit pas! »
C'était l'âge héroïque de la diplomatie nouvelle. Bientôt
après, avec quelques phrases aiguës comme le tranchant

de l'épée, insérées au *Moniteur universel*, l'Empereur suf-
fisait au service de son système, qui parlait mieux encore
par la bouche de ses canons. Quant à la Restauration, si
sa politique extérieure subit par instants les contraintes
que son origine lui imposait, elle eut des négociateurs
comme l'amiral de Rigny à Navarin, le maréchal de Bour-
mont à Alger, qui ne parurent très-soucieux, ni l'un ni l'autre, d'attendre pour vaincre le bon plaisir de l'Angleterre.

Je n'insiste pas sur cette période de la diplomatie française antérieure à votre entrée dans le journalisme.

Une fois engagé dans la carrière, vous avez compris ce
qu'exigeait de vous, pour être bien faite, la polémique in-
ternationale : l'instinct du patriote, l'information exacte,
l'indépendance du jugement, la verve parfois irritée, la
sagacité clairvoyante. Nous avons traversé des temps dif-
ficiles. Les révolutions, dont la presse quotidienne n'est pas
toujours la cause la plus innocente, tournent parfois contre elle, soit en renversant les barrières qui la contenaient
prudemment, soit en la livrant par des lois d'exception à
des répressions tyranniques. Une de ces lois, nullement
sévère en apparence, causa pour un temps plus de sérieux embarras à la polémique des journaux qu'elle ne
leur fit de mal. Je veux parler de la loi que vous avez rap-
pelée, celle de 1849, sur les signatures. Tout article, in-
séré dans un journal, à quelque titre que ce fût, dut être
signé. Quelques noms furent bientôt distingués. Ce que
perdait le journal dans sa valeur collective, le hardi talent
de jeunes écrivains s'en empara. Le pouvoir n'y gagna
rien. On le vit bien sous le second Empire. La presse ne
s'avançait qu'en trébuchant sur ce terrain semé d'embû-

ches que la législation d'alors lui avait préparé avec un art infini, lui laissant trop peu de liberté pour être puissante, assez pour se compromettre. Elle en profita pourtant pour donner très-vite à quelques-uns de ses organes une célébrité sérieuse. On vit de jeunes débutants se raffiner du premier coup dans cette lutte de l'esprit libéral contre les piéges de la légalité. La réticence eut ses Tacite à la touche vigoureuse et discrète. Suétone aussi fit parler de lui. Le sous-entendu devint un genre de littérature, et l'art de lire entre les lignes fut porté à sa dernière perfection. Vous avez eu, Monsieur, à cette époque, un de ces habiles écrivains pour collaborateur, nous pour confrère. Vous savez comment, n'ayant pas le choix des armes, il combattait pourtant avec un mélange de hardiesse et de prudence, sachant s'arrêter à temps, proposant des énigmes que tout le monde devinait, rangeant en bataille, par moments, des lignes de points comme des tirailleurs devant l'ennemi, devenu ainsi, par des mérites de style dont le génie de notre langue s'accommodait presque plus que de la véhémence déclamatoire, un des maîtres de cette polémique si insidieusement entravée.

Vous étiez de ceux que, bien avant cette loi, leur style trahissait dans leur *incognito* volontaire, et dont le nom brillait, par son absence même, au bas de leurs articles. Vous étiez de ces anonymes qu'il ne fallait pas chercher dans le *Dictionnaire* de Barbier, et qui conservaient, associés sans confusion à la même œuvre, leur personnalité persistante. Aucun ne l'eut jamais à un plus haut degré que vous, et il faudrait reprendre presque jour par jour l'histoire de nos relations extérieures depuis 1830, pour y relever la trace que, sur ce sol mouvant de la polémique quotidienne, votre plume a laissée, glissant toujours, suivant le précepte du poëte, n'appuyant jamais. Votre sillon était à fleur de terre : on vous le reprochait. Au bout de quelques mois, votre moisson d'esprit, de bon sens, de saine discussion, n'en était pas moins belle.

Vous aviez à défendre une politique qu'on ne disait pas fière, et qui l'était pourtant, celle de la liberté et de la paix ; car elle avait à braver, à l'extérieur, bien des mauvais vouloirs devant lesquels elle ne voulait ni se compromettre ni s'abaisser, et, au dedans, bien des passions moins dangereuses encore à combattre qu'à satisfaire. La politique de la liberté dans la paix est jugée aujourd'hui. Elle a permis de donner à la France de bonnes finances, une belle armée, des forteresses bien approvisionnées, tout un grand réseau de chemins de fer, Paris fortifié, l'Algérie conquise, une prospérité féconde, même pour ses successeurs ; en un mot, quoique interrompu par une révolution dont l'histoire a déjà signalé l'inexplicable insanité, ce pacifique gouvernement de nos affaires avait préparé pour la France un avenir qu'une autocratie belliqueuse devait interrompre à son tour, mais par des causes que la postérité jugera.

Vous avez eu l'honneur, Monsieur, de servir la politique de la liberté et de la paix ; avouez que votre patriotisme n'en a pas souffert, que votre orgueil ne s'en est pas ému. La royauté abattue, il n'y avait plus à faire de politique extérieure. C'est la société française qu'il fallait défendre. Vous avez eu vos actions d'éclat dans cette seconde campagne comme dans la première. L'occasion était bonne de percer à jour bien des ridicules devenus puissants, de bien petits hommes gonflés de leur importance d'un jour, d'étranges et fatales ambitions qui aboutissaient à des combats dans les rues et à des catastrophes dans l'État. Pendant ce triste interrègne du pouvoir monarchique, qui ne devait plus reparaître en France que sur un trône semé d'abeilles, symbole infidèle d'une paix imaginaire, une mission qui vous fut donnée par le directeur de votre journal vous avait conduit à Rome. Vous y fûtes le témoin ému, l'éloquent narrateur de ce triomphant retour du saint-père dans sa capitale temporelle, qui parut alors un si grand événement : car cette restauration du pape par des mains françaises semblait promettre, au monde catholique, une confirmation des espérances libérales de son avénement et, à l'Église de France, le maintien de ses antiques libertés... Votre récit se ressentait de ces consolantes pensées. Il était ému, comme vous l'êtes si facilement, je ne dis pas quand vous le voulez, mais quand vous ne résistez pas à votre émotion.

« L'éloquence, a dit La Bruyère, peut se trouver dans les entretiens et dans tout genre d'écrits. Elle est rare où on la cherche. Elle est quelquefois où on ne la cherche pas! »

Un sentiment non moins spontané parut vous animer lorsque, vingt ans plus tard, deux branches d'un même tronc royal semblèrent près de s'unir pour rendre à la France, sous l'ombrage traditionnel d'une royauté nationale, les garanties monarchiques de la liberté. Nationale, cette royauté ne pouvait l'être que par la reconnaissance des droits de la nation, antérieurs et supérieurs au sien. Votre imagination se laissa prendre à cette pensée géné-

reuse ; votre cœur vous inspira, et vous fûtes ainsi associé
un instant, pour le triomphe de l'accord projeté, à ceux
qui n'en voulaient le succès qu'aux mêmes conditions que
vous, non à ceux qui le voulaient à tout prix. Mais ce fut
en vain que cette cause avait trouvé un défenseur tel que
vous dans le journal même qui, depuis, a si justement ré-
servé tous les efforts de son habileté politique et toute la
puissance de son crédit à la défense d'un gouvernement
libéral, sous une constitution respectée.

Un orateur illustré par les luttes de la tribune, un publiciste éprouvé dans les combats de la presse, sont-ils obli-
gés de faire encore preuve de littérature, pour que cette
enceinte leur soit ouverte ?

L'éloquence et la polémique, ces deux sœurs qui se sen-
tent nécessaires l'une à l'autre, quoiqu'elles ne s'accordent
pas toujours, n'ont jamais longtemps attendu nos suffrages,
quand ceux du pays leur étaient sérieusement acquis.
Vous me pardonnerez pourtant si, sorti du domaine si en-
combré de la discussion politique, j'essaye de vous compromettre un moment dans ce chœur plus tranquille et de
renommée moins bruyante qui se compose des écrivains
de la critique littéraire. Il faut, Monsieur, vous y rési-
gner. Je ne dirai pas que vous avez voulu être un juge des
écrits, comme M. de Lamartine a voulu être un homme politique et M. Ingres un musicien. L'Académie vous a rendu
plus de justice. Elle connaissait, elle avait lu, elle avait
distingué les deux volumes, d'apparence modeste, où vous
avez mis toute votre littérature, laissant à penser au public, par le peu que vous lui donniez, tout le prix de ce
que vous avez gardé. Vous êtes de ceux qui disent comme

la Fontaine : « Les longs ouvrages me font peur. » Les
vôtres, de courte haleine, sont autant de petits tableaux
aussi achevés que ceux qui ont ouvert, même avant les
grands, les portes d'une Académie voisine de la nôtre à
un célèbre peintre d'histoire en miniature. L'Académie
française, elle aussi, avait fort distingué votre touche
sobre et fine, ayant plus de relief que d'éclat, plus de
profondeur que d'étendue, votre talent de peindre en
réduisant, sans les rapetisser, les proportions de vos
modèles.

On a dit spirituellement d'un fabuliste resté populaire,
même après la Fontaine : « Il trouve la naïveté, quoiqu'il la
cherche. » Quant à vous, Monsieur, si vous ne cherchez pas
l'originalité, tout au moins aimez-vous les sujets qui la
procurent, ceux où elle vient pour ainsi dire, sans trop mi-
nauder, au-devant de l'écrivain. Sur une trentaine d'études
dont se compose votre recueil, portraits ou tableaux, notices et récits de voyage, les Anglais et les Américains vous
en ont fourni libéralement plus de la moitié. Comme obser-
vateur moraliste, leurs mœurs et leur caractère vous at-
tirent, de même que, comme polémiste, leur politique vous
avait souvent provoqué. Vous ne savez guère résister à cette
amorce toute pleine pour vous d'électricité sous-marine.
Vous allez à eux comme à d'intarissables sujets d'amusante
analyse, de malicieuse observation, et par un secret plaisir
de tourner contre eux ce genre d'esprit qui semble leur
appartenir en propre, et qu'exprime, dans leur langue,
un mot qu'on a vainement essayé de traduire dans la
nôtre. Les hommes d'État de l'Angleterre et ses petits-
maîtres, les éloquents et les excentriques, ceux qui font de

beaux discours et ceux qui mettent bien leur cravate, ses philosophes et ses poëtes, ses peintres et ses diplomates ; sir Robert Peel et Brummel, Shakspeare et Johnson, Haydon et Malmesbury ; quelle variété de types, de professions, d'attitudes! que de contrastes sur un fond uniforme! et dans vos réflexions sur ces personnages si caractérisés et si semblables, que de bon sens, que de vérité, que de bonne humeur, que de raison! Lord Wellington fut-il un grand homme? « Il fut, répondez-vous, un grand Anglais. » — « L'Irlande, dites-vous ailleurs, a certainement produit de plus grands orateurs qu'O'Connell; mais aucun n'avait comme lui ces dons secrets et sympathiques qui désignent un homme entre tous à l'instinct populaire..... Quand il parlait à cent mille hommes, les premiers placés recevaient le choc de sa parole; puis ils faisaient la chaîne, et le tressaillement passait à toutes les extrémités avec la rapidité de l'éclair. » Après le grand général et l'orateur populaire, le « duc de fer », comme on l'appelait, et l'agitateur sans frein, voici le portrait d'un de ces hommes qui semblent résumer, dans leur personne, tout le côté frivole de cette société sérieuse, et tout le fantasque égoïsme de ces cœurs parfois si magnanimes. Vous voyez que je fais allusion à la piquante notice que vous avez consacrée à Georges Brummel. Vous avez marqué, Monsieur, d'un trait profond ce personnage léger, favori d'un prince, idole des salons anglais, logé, nourri, vêtu, pourvu d'argent pendant vingt-cinq ans par les compagnons de ses plaisirs « et qui, dites-vous, le jour où il perdit son caniche, se plaignit d'avoir perdu son meilleur ami ».

Comme vous traitez les hommes, vous savez peindre aussi les peuples, tantôt d'un mot, tantôt par d'ingénieux rapprochements. « Aux funérailles de Nelson, écrivez-vous, il y eut dans la foule de véritables sanglots, et des femmes se trouvèrent mal... J'ai assisté aux funérailles de Wellington, et le trait principal de la journée a été une gigantesque consommation de vivres... » Essayant de caractériser ailleurs cette affinité querelleuse et indélébile qui unit, quoi qu'elles fassent, les deux races anglaises, séparées aujourd'hui par l'Atlantique, vous indiquez, avec beaucoup de finesse et de gaieté, ce qui les rapproche et ce qui les divise. « Un Américain, dites-vous, a beau être un citoyen des États-Unis, il n'en a pas moins le sang anglo-saxon dans les veines, et il est fier d'être de la race anglaise quand il regarde la colonne de Trafalgar..... Les Américains ont toujours l'air, je ne dirai pas de jeter le gant, mais de montrer le poing à l'Angleterre, et au fond ils tirent vanité de leur descendance : la grandeur de la mère-patrie flatte leur orgueil... Les Anglais, de leur côté, éprouvent à l'endroit des Américains une certaine faiblesse paternelle. Comme ces pères nobles qui, tout en maugréant, sont cependant flattés de voir leurs grands garçons faire des fredaines, ils regardent avec une certaine complaisance les tours de force de leurs confrères transatlantiques. *Jonathan* (l'Américain) est toujours, pour *John Bull*, l'enfant terrible qui fait ses dents. Il est un peu casseur d'assiettes ; il met les pieds dans le plat.... il fait l'école buissonnière et rentre avec ses habits déchirés..., mais il ira au bout du monde, et il arrivera le premier partout. Bon sang ne peut mentir... »

Je ne voudrais pas prolonger ces citations(1); mais comment ne pas dire un mot d'une question délicate que vous soulevez quelque part, et qui ne pouvait laisser indifférente une académie investie, depuis sa fondation, du privilége de rédiger le dictionnaire de la langue française? On s'étonne que notre travail, commencé il y a deux siècles, ne soit pas encore fini; et l'on se livre, sur ce propos, à des plaisanteries presque aussi anciennes que l'Académie. On oublie que si un dictionnaire n'est jamais fini, c'est qu'une langue ne finit jamais, à moins qu'elle ne soit morte. On oublie encore que nous sommes à la veille d'achever la septième édition de notre Dictionnaire. Je ne crois pas, comme vous, que la langue de notre pays soit sérieusement menacée de perdre, en Europe, ni même dans le monde, la prééminence qu'elle a jusqu'à ce jour conservée. On aura beau faire, la forte langue de sir Robert Peel et de M. Cobden pourra voir son domaine s'étendre dans les relations commerciales, dans l'économie industrielle, sur le terrain des courses et au *skating-club*; la langue française restera plus particulièrement la langue des idées générales, celle de la sociabilité et des mœurs; elle restera surtout celle de la diplomatie universelle « Je suis toujours émerveillé, écrivait Voltaire à ses confrères de l'Académie, des progrès que notre langue a faits dans les pays étrangers. On est en France, de quelque côté que l'on se tourne. Vous avez acquis, Messieurs, la monarchie universelle qu'on reprochait à Louis XIV, et qu'il était bien loin d'avoir... » Si

(1) Voir les *Études critiques et biographiques* (1852) et *les Nouvelles Études* (1863) de M. John Lemoinne. (Michel Lévy.)

l'Académie de 1876 ne donne tout à fait raison ni à Voltaire, ni à vous, elle vous a prouvé du moins qu'elle tient grand compte de vos alarmes; et sur ces questions-là, une fois mêlé à nos travaux, vous trouverez, Monsieur, à qui parler.

Toutes ces études critiques, les anciennes et les nouvelles, qui ont certainement contribué à vous ouvrir les portes de l'Académie, vous prédestinaient aussi à y remplacer celui de nos confrères qui vous était le plus connu. Vous le connaissiez si bien que personne n'aurait pu, je crois, ni dans cette enceinte ni au dehors, lui rendre plus de justice et le peindre d'un trait plus ferme et plus sûr. Comment oserais-je m'y aventurer après vous, si l'usage seul m'en donnait le droit, et si l'amitié ne m'en faisait un devoir? Nous étions depuis quarante ans, lui et nous, en compagnie d'éminents esprits, les ouvriers de la même œuvre, les fils de la même maison dans ce grand pays de la publicité; vous savez les habiles directions que, jeunes encore, nous y avons reçues de ces âmes bienveillantes qui présidaient à nos travaux. Vos savez aussi quelles amitiés le courant de la vie nous y apportait! Je suis presque obligé, pour parler après vous de notre vieil ami, de me défendre de ces souvenirs; la justice littéraire peut se passionner, non s'attendrir.

Un des grands mérites de M. Jules Janin, le principal peut-être, celui qui a fait sa popularité sérieuse, c'est qu'il était resté très-français par le style à une époque où le vent qui soufflait des sommets du romantisme naissant poussait les esprits dans toute sorte de tentatives antipathiques au génie de notre race. Il avait, comme vous

l'avez si bien dit, « la note française. » Il a toujours été
un amoureux de notre langue, « amoureux, disait-il, jusqu'à la passion, jusqu'au délire, de la plus belle langue
et de la plus difficile que les hommes aient parlée depuis
les jours glorieux de Périclès et d'Auguste. » Je ne médis
pas plus que vous de l'école romantique. Elle a été la
contemporaine des premiers essais du gouvernement libre
dans notre pays. Elle s'essayait à la liberté comme lui.
Elle a eu ses illusions, son éclat, ses météores, ses éclipses.
Elle a compté de vrais maîtres qui n'ont jamais eu que de
médiocres disciples ; puissance déchue après tant d'autres,
et qu'il faut respecter comme tout ce qui a péri dans un
effort généreux. « Que sont-ils devenus, écrivait M. Janin
vers 1857, ces beaux jours de force, de grâce et de turbu-
lence, de malaise et de poésie, où chacun osait tout vouloir,
parce que chacun croyait tout pouvoir ? Hélas ! tout vouloir
est d'un jeune homme, tout pouvoir est d'un insensé... »
Quant à lui, il appartenait à ce limpide courant des esprits
naturels, primesautiers, faciles, qui a de tout temps coulé
sur la terre de France, comme pour ajouter à ce limon
vigoureux dont l'intelligence française est formée.

Queis meliore luto finxit præcordia Titan.

ses sables dorés et ses eaux jaillissantes. C'est à ce
signe de race qu'il a été reconnu presque au début de
sa carrière, accueilli, applaudi et fêté, même dans le plus
hasardeux de ses essais. Les peuples aiment ce qui leur
ressemble, comme les pères se reconnaissent volontiers,
même avec leurs défauts, dans leurs enfants. Rabelais,

Saint-Évremond, Bussy-Rabutin, Diderot, Duclos, Voltaire
(dans ses lettres familières qui sont d'incomparables feuilletons), quelque différents que soient les degrés où le jugement public a placé ces écrivains, sont tous fils du génie
français ; et quoiqu'il ne soit pas prudent de hasarder
en une telle compagnie une renommée encore si jeune pour
l'avenir, M. Janin, s'il n'était pas un aîné dans cette famille
de race gauloise, pouvait sembler un de leurs frères, le
dernier venu du même sang.

« Onc ne furent à touts toutes grâces données, »

avait dit, dans un sonnet, le célèbre ami de Montaigne,
Estienne de la Boëtie. « Et aussi veoyons nous, ajoute
Montaigne, qu'au don d'éloquence les uns ont la facilité et
la promptitude, et, ce qu'on dict, le boutehors si aisé,
qu'à chasque bout de champ ils sont prests ; les aultres,
plus tardifs, ne parlent jamais rien qu'élaboré et prémé-
dité... Je cognoy par expérience cette condition de nature
qui ne peult soustenir une véhémente préméditation et
laborieuse : si elle ne va gayment et librement, elle ne va
rien qui vaille... » Une pareille allure, qui était bien celle
de son esprit, nous autoriserait presque à exposer votre
célèbre prédécesseur à un rapprochement redoutable. Nous
ne le tenterons pas. Il faut laisser Montaigne à sa place,
Janin à la sienne. Ce que nous voulions dire, c'est qu'il
avait bien la marque française, le jet naturel et rapide, le
bon sens enjoué, ce don de critique spontanée, inventive,
cette insouciance de l'effet dans la malice de l'intention,
cette façon de mettre le feu aux fusées volantes sans se

détourner pour en voir l'explosion ; pour tout dire, cette
vivacité franche et cette pétulance originale qui rappelait,
sans jamais donner l'idée d'une imitation, ou même d'un
souvenir très-précis, quelques-unes des pages les plus
piquantes de notre littérature nationale ; car c'est une
remarque à faire : M. Jules Janin citait plus volontiers les
poëtes latins que les écrivains français les plus en rapport
avec sa manière. Ceux-là, il les nommait rarement. Il n'a-
vait plus le temps de les lire. Il les connaissait bien. Peut-
être ne les avait-il jamais beaucoup étudiés. Il se conten-
tait de leur ressembler. Vous avez fait allusion au service
qu'il rendit à la scène française quand il y conduisit, par
la main pour ainsi dire, la jeune muse qui allait réveiller
au fond de leurs tombes séculaires nos grands tragiques
endormis. Il renouait ainsi entre le passé et le présent une
chaîne qui semblait brisée. Il rattachait par une sorte
d'électricité morale un continent à un autre. Qui n'a souvenir de cette traînée merveilleuse qui ranima tout à coup,
dans notre pays, ces flammes vivaces que recouvrait une
cendre trompeuse ? Quel heureux instinct des goûts durables de notre nation ! Avec quelle confiance ce jeune
critique avait évoqué le vieux goût classique, qui fit pendant vingt ans les plus belles recettes du premier théâtre
du monde !

Vous ne m'en voudrez pas, Monsieur, d'avoir ajouté
quelques traits à ceux qui vous ont servi à nous rendre si
vivante et si vraie la physionomie de M. Janin. Pouvions-
nous oublier le théâtre ? La critique dramatique a été sa
vie. Il ne s'y gênait pas toujours. Cette façon de battre les
buissons, au lieu de s'attarder dans les analyses, vous a

trouvé peut-être bien indulgent. C'était un défaut agréable, mais un défaut. C'était charmant, parfois agaçant.
L'homme d'esprit qui a eu la fortune de recevoir M. Janin
à l'Académie française en 1871, disait de lui : « Dans ses
feuilletons il parlait de tout beaucoup, et même un peu de
la pièce nouvelle. » J'ajoute que quand il en parlait, c'était
en maître. Vous m'avez ôté le droit de le dire après vous.
Mais à tant d'autres œuvres attrayantes, quelques-unes
éphémères, ses romans, ses contes, ses notices ; à cette
diversité incessante et inépuisable dont l'énumération est
impossible, comment aurions-nous suffi, Monsieur, même
en nous partageant les rôles? Vous avez pris plaisir cependant à rajeunir un de ces essais de M. Janin, le premier,
je crois, dans la carrière qu'il a si abondamment remplie.
Vous avez eu raison. Ce début a été comme le coup d'é-
pée de Rodrigue, un « coup de maître ». Le souvenir en
est resté, et c'est à juste titre que, dans la collection des
Œuvres diverses de votre aimable prédécesseur, qu'une
main pieuse s'applique à rassembler, cet ouvrage figure
au premier rang avec son étrange préface et son titre à
surprise. Le succès de cette fantaisie satirique fut, en
effet, très-grand : aucune autre œuvre de M. Jules Janin,
son feuilleton à part, n'en a peut-être obtenu un pareil.
L'auteur de la *Métromanie* avait beaucoup écrit, vous le
savez, sans trop de succès. Un jour qu'on lui faisait com-
pliment de sa nouvelle comédie : « Ne m'en parlez pas, dit-
il, c'est une misérable qui a tué tous mes autres enfants ! »
L'*Ane mort* de M. Janin n'avait pas fait moins de ravages
dans la série de ses œuvres, dont quelques-unes méritaient
un meilleur sort. On les oubliait trop ; on ne les avait ja-

mais beaucoup lues, ni longtemps. C'était injuste. Le lien
d'or et de soie qui le rattachait au feuilleton se relâchait
quelquefois sans perdre son éclat, ne se rompait jamais. Une
certaine élasticité, sans lui assurer toujours la durée, lui
permettait l'espace. Sa fidélité exemplaire à son métier de
critique mêlait comme un assaisonnement de vertu à toutes
les fantaisies de cette improvisation opiniâtre, toujours attendue, toujours imprévue, fantasque et correcte, se jouant des
idées et respectant la langue. Et aussi, tous ces livres jetés
à toute époque au travers de son œuvre principale n'en
étaient que la distraction, non le repos. Il y a peu d'exemples, même dans ce siècle où le travail est la loi de tout le
monde, d'un travail si continu avec une si complète liberté
d'esprit. Jamais écrivain n'a paru moins asservi à son
œuvre, même en ne l'interrompant jamais, et n'a marché
plus libre dans un labeur plus assujettissant. Rien ne le
gênait. Il n'avait de parti pris que de n'en avoir d'aucun
genre, d'idées arrêtées que celles du jour, de principes
littéraires que ceux qu'il jetait au vent, avec une raillerie
spirituelle, dans son célèbre combat pour la *littérature
facile* contre un illustre jouteur, dont il devint plus tard
le confrère à l'Académie. Mais s'il n'avait pas une règle
fixe pour le contraindre, il avait des instincts très-fermes
qui le dominaient doucement. Je crois qu'il se vante,
même en ayant l'air de s'humilier, quand il raconte dans
son amusante biographie qu'il a été « le faible animal qui
a rompu de ses dents le réseau dans lequel était enfermé
le lion.... (1) » Le lion, c'était le romantisme, qui avait

(1) *Œuvres diverses* de Jules Janin, publiées sous la direction de M. de
La Fizelière (chez Jouaust), tome I.

bien su faire son chemin tout seul. M. Janin ne l'avait ni
délivré ni muselé. Il n'a été ni son maître ni son disciple.
Il est resté lui-même. C'est le grand honneur de sa vie,
n'étant guère philosophe, d'avoir pu dire comme Horace,
son poëte favori :

Et mihi res, non me rebus submittere conor.

Ce souvenir d'Horace m'obligerait peut-être à dire que
l'indépendance de M. Janin n'était pas aussi complète
qu'il le croyait. Au fond, il avait un maître, c'était Horace.
Il avait subi ce joug aimable dès son jeune âge, et c'est au
collége même, entre deux *pensum*, qu'il avait commencé à
traduire l'incomparable auteur de l'*Épître aux Pisons*. La
tâche était rude. M. Janin s'y était voué. Il n'avait que sur
ce point aliéné sa liberté. Horace le possédait, le maîtri-
sait, lui imposait le travail en apparence le plus antipathi-
que à une telle nature, une traduction. Je ne sais qui a
dit : « Craignez un homme qui lit toujours le même livre. »
M. Janin, condamné à tant de lectures de tout genre, revenait toujours à celle-là. Un jour (c'était aux eaux de Spa,
où il venait tous les ans), deux baigneurs l'aperçoivent de
loin. « Tiens, dit l'un, c'est Janin ! Le voilà à la même
place, sous le même arbre, dans la même posture et avec
le même livre que je lui vois à la main chaque année.....
— Je parie que non, dit l'autre, qui, à la distance où ils
étaient encore, avait cru s'apercevoir de quelque diffé-
rance. » Les deux amis s'approchent. « Monsieur, dit le
dernier en s'adressant au critique, n'est-il pas vrai que vous
ne lisez pas en ce moment le même livre que vous lisiez

l'an dernier à la même place? J'ai parié que non..... — Vous avez perdu, Monsieur. Je lis le même livre et la même édition. Seulement, Capé s'est chargé de mettre cette année une reliure nouvelle à mon Horace..... » M. Jules Janin lisait donc Horace tous les ans. Disons mieux, il le lisait toute l'année. Il l'a traduit comme il l'a lu, plus pénétré de son esprit qu'attentif aux difficultés du texte, parfois inexact et toujours fidèle.

M. Janin aurait pu avoir de l'orgueil. Il avait beaucoup d'amis. « Vous allez me faire tant d'amis que vous m'ôterez tout mon esprit, » dit-il un jour à une dame qui le présentait, dans un salon, à une quantité de personnages. Au fait, il n'avait pour les salons qu'un goût médiocre. On y faisait, selon lui, trop de politique, pas assez de littérature. Avait-il des opinions politiques? Il avait, dirai-je, cette infirmité ou ce bonheur de n'avoir pas d'opinions, j'entends de celles qui font devenir un homme de parti. Était-il royaliste à la *Quotidienne?* ultra-libéral dans la petite feuille de Roqueplan? républicain dans la *Préface* de Barnave? juste-milieu au *Journal des Débats?* adversaire de l'Empire, en professant, après la chute du trône de Juillet. le culte des vaincus et le respect du malheur? Il n'avait. de fait, appartenu à aucun parti ; car c'est n'en pas être que d'en approcher seulement à la distance où l'on peut les juger sans s'y compromettre, et où on les regarde par-dessus le mur. Il assistait, sans y prendre part, aux grandes luttes des politiques, aimant, comme Mme de Sévigné. « ces grands coups d'épée » qu'ils se donnent réciproquement en paroles, souriant aux habiletés relevées par l'éloquence. honorant M. Guizot. écrivant à M. Thiers.

qui lui répondait ; gardant la maison quand la foule se pré-
cipitait sur les pas de Catilina, de César ou de Cicéron.
Mais si quelque événement politique prenait la forme d'une
tragédie, n'eût-elle qu'un acte, si le malheur entrait dans
une maison royale par la porte que Dieu avait ouverte, ou
qu'avait enfoncée l'émeute, son âme s'élevait à une pa-
thétique hauteur, son accent s'attendrissait, ses larmes
coulaient. Il n'était plus ni poëte, ni conteur, ni critique,
mais un moraliste profondément touché des misères et des
crimes de l'humanité. C'est ainsi qu'il avait pleuré le duc
d'Orléans, brisé, comme autrefois le Germanicus de Tacite,
« dans la fleur de son âge et de sa popularité »! Ainsi
avait-il regretté cette royauté libérale, qui n'avait reçu ses
hommages que tombée et déchue! Ainsi avait-il voué une
sorte de culte à la reine Marie-Amélie, qu'il était allé saluer dans son exil, sur un de ces degrés de l'épreuve humaine qui la conduisaient lentement jusqu'au ciel.

Si j'en crois, Monsieur, l'estime qu'un écrivain si généreux et si honnête professait pour votre caractère, nous
avons eu, en vous appelant par nos votes à sa succession,
la main particulièrement heureuse. Non que vous lui res-
sembliez en toute chose ; vous êtes sur bien des points son
contraire. Où il n'a que des effusions, vous avez des opinions. Où il hésite, vous êtes décidé. Le sceptique en lui
devient en vous le raisonneur affirmatif et convaincu. Il
aime à tourner autour de l'obstacle ; vous allez droit à la
difficulté. Il invoque volontiers, coiffé comme le roi d'Yve-
tot, « le dieu des bonnes gens », et ne demanderait qu'à
changer sa férule en houlette. Vous ne dépouillez guère ni
votre humeur militante, ni vos armes de combat. Où il rit

d'un si bon rire, « à ventre déboutonné », comme le cha-
noine Maucroix, vous n'avez, en dépit de votre franche
nature, que le sourire qui n'engage pas. M. Janin se livre,
vous vous réservez. Même contraste dans l'ordre littéraire ;
il est abondant jusqu'à faire déborder sur ses rives le flot
de sa phrase aux ondulations capricieuses. Vous avez la
précision dans la finesse, et le trait acéré mais court. C'est
de près que vous attaquez. Vous laissez à ceux qui aiment
à frapper de loin les engins à longue portée. Vous ne faites
pas le siége des erreurs, des préjugés, des passions aux-
quelles vous vous attaquez. Vous préférez à un long inves-
tissement une charge rapide et à brûle-pourpoint.

Mais je me trompe ; il y a un jour où M. Jules Janin et
vous, Monsieur, vous vous êtes rencontrés, vous vous êtes
unis dans le même sentiment, dans le même langage, où
tout contraste a cessé entre vous ; le jour où la France fut
malheureuse. Quand elle entra, notre chère patrie, dans
ce cercle de l'enfer que Dante avait oublié, celui où
une grande nation se sent étreindre et étouffer, saisie en
pleine prospérité par le démon de la guerre étrangère,
déchaîné sur ses campagnes ; quand la France eut à subir
cette formidable invasion qui ne fut une surprise que pour
elle ; quand elle débuta par ce désastre héroïque où le
chef actuel de notre république trouva la gloire dans une
défaite, comme il l'avait trouvée à Magenta dans la victoire ;
à ce moment, Monsieur, votre ami fut atteint comme vous
par le spectacle de ces grandes détresses ; et son âme en est
restée triste jusqu'à la mort. Mais il était vieux, d'une vieil-
lesse prématurée, que sa santé, si longtemps brillante, ne
soutenait plus. Il fut obligé de quitter, avec sa compagne

inséparable, ses beaux tableaux, ses livres chéris, sa tranquille retraite de Passy, où déjà grondait, sur le rempart voisin, le tumulte de cette patriotique défense qui se préparait; et il quitta aussi Paris où vous étiez resté (1).

Paris investi, vous avez continué votre œuvre de publiciste, sans découragement, sans jactance, dans une attitude ferme et sans illusion. Vous aviez gardé et vaillamment exercé votre plume pendant le siége. Elle avait quelques droits au repos et à l'air libre, quand la capitulation ouvrit les portes de la ville. Vous y êtes resté, après avoir mis vos chères affections en sûreté; gardant votre plume, instrument de liberté périlleuse, arme de défense désespérée, et que toutefois vous n'avez jugée impuissante que le jour où elle fut brisée. Elle le fut par la Commune. Vous aviez poussé jusqu'à une sorte de généreux excès l'audace de votre polémique. Vous disiez un jour, à ce pouvoir monstrueux qui avait commencé par appliquer à la presse quotidienne la législation relativement modérée de l'Empire, sauf à crocheter les portes du journalisme quand le besoin s'en ferait sentir, vous lui disiez (dans le *Journal des Débats* du 23 mars) :

« Le Comité qui s'appelle un gouvernement nous donne ce matin un premier avertissement..... Ce qui nous surprend, c'est qu'il s'imagine que nous nous soumettrons à ses décrets. Il nous menace des peines les plus sévères. Nous ne connaissons pas de peines plus sévères et plus dés-

---

(1) On lira avec plaisir, sur ces dernières années de M. Janin, un livre charmant de M. Piédagnel, son secrétaire, publié par Jouaust et intitulé : *Jules Janin* (1804-1874).

honorantes que celle d'être forcés de lui obéir... nous refu-
sons ! » (Signé : John Lemoinne.)

Le lendemain, après le massacre de la place Vendôme :
« Le Comité de l'Hôtel de ville, écriviez-vous, nous menace de sa justice. Le Comité n'est pas plus un tribunal
qu'un fusil ou un couteau ne sont une raison. » (Signé :
John Lemoinne.)

Vous poursuivez ainsi pendant plusieurs jours et jusqu'au
5 avril votre résistance insurmontable. Mais ce dernier
jour les ateliers du *Journal des Débats* furent envahis, les
presses brisées. La liberté de la presse n'appartenait plus,
de ce moment, qu'à ses destructeurs et à ses bourreaux.
Une épreuve de votre dernier article, échappée au désastre,
orne aujourd'hui, dans le cadre où on l'a placée, la salle de
notre rédaction, où elle est, pour nos jeunes et dignes
confrères, un noble souvenir et un bon exemple.

Vous n'en pouviez, au temps où nous sommes, donner un
meilleur. Dire à des gens qui se croyaient un gouvernement parce qu'ils s'étaient abattus comme des oiseaux de
proie sur la légalité impuissante, et qui se croyaient des
juges pour avoir assassiné deux généraux français, leur
dire qu'on ne leur obéirait pas, c'était poser en homme
de cœur la limite où une autorité sans mandat, n'ayant de
droit que la force et de légitimité que le crime, rencontre
la résistance des citoyens. Vous étiez vraiment alors un
« soldat de la plume », comme vous le disiez modestement
tout à l'heure, et comme je le répète pour l'honneur de
votre nom. Un tel soldat moralement valait une armée.
Les vainqueurs du jour vous avaient appliqué, en brisant
vos presses, ce qu'ils appelaient sans doute la raison

d'État, et ils se sont crus des hommes politiques parce qu'ils ont mis, vous hors la loi, eux au-dessus des lois. Vous leur avez ôté ce masque. Vous avez ainsi montré, soit en résistant, soit en faisant l'intrépide commentaire de votre résistance, autant d'esprit politique que de courage. Vous n'étiez pas moins bien inspiré quand, une fois rentré dans Paris, après sa délivrance si habilement conduite et si héroïquement exécutée, — à la vue de ces désastres inénarrables laissés derrière elle par l'atroce Jacquerie qui avait régné deux mois dans la capitale de la France, — vous paraissiez moins affecté de ces malheurs matériels que de cette grande destruction morale qui résulte toujours, dans les idées et les sentiments d'un pays, du triomphe, même éphémère, des ambitions subversives :

« Les malheureux ! disiez-vous (mai 1871), ils n'ont pas seulement massacré des hommes ; ils ont tué cette autre créature vivante, la liberté ; et avant de la tuer, ils lui ont fait subir les derniers outrages. Nous ne le pressentons que trop ; c'est elle, c'est la liberté, qui portera le poids et la peine de toutes ces horreurs ; c'est elle qu'on rendra responsable des crimes commis en son nom ! Nous prévoyons déjà les efforts laborieux que nous aurons à faire pour la rendre à la vie, et pour aller chercher ses restes au milieu du sang et des décombres. Tout est à recommencer..... »

Vous aviez raison, Monsieur, quand vous écriviez, le 31 mai 1871, cette belle page par laquelle je finis. Vous aviez raison, tout était à refaire. Le pays s'est remis à l'œuvre, inspiré, dirigé par de grands citoyens. Il a travaillé, il a payé, il a parlé, il a écrit. S'il n'a pas relevé toutes ses ruines, et si la patrie saigne encore de l'un de ses flancs mutilés, l'espoir lui reste. La République lui doit l'ordre, si elle veut fonder la liberté. L'Académie française ne croit pas avoir été étrangère à cette grande tâche en honorant par son choix, dans votre personne, non-seulement un talent littéraire de premier ordre, mais le courage civil, qui doit être désormais la première de nos vertus.

Paris. — Typographie de Firmin-Didot et Cie, imprimeurs de l'Institut, rue Jacob, 56.

9 782329 682112